眼睫上的蝴蝶

邱礼萍　著

上海三联书店

目录

眼睫上的蝴蝶

IV

推荐序

礼萍是我的忘年之交小友，读她的诗句是件很美好的事情。她用毛毛虫变成蝴蝶的过程来生动形象的比喻自己，二十年来，从一个敏感孤僻的小女孩长大成现在从容自信的样子，这些优美而凝炼的诗句像清澈的泉水般从她纯净的思绪中涌出，承载着她最真挚的心灵，向你倾诉着她内心的困惑，思索，成长的故事，对未来的探索，以及孕育新生命的渴望和憧憬……她的诗篇简洁隽永而又意味深长，你就缓缓地阅读，细细地品味，享受她带来的诗意之旅吧。

魏景山

2015.8.3

（代序）

头发的故事

记得很多年以前
顶着一头五颜六色的细辫
穿件白底红花的小褂褂
蹦蹦跳跳去找小朋友们玩泥巴

记得背上小书包那天
短短的秧苗代替了细辫
看到班里的男生喜欢揪女生的长发
长头发的女生龇牙咧嘴
痛得直叫哇哇哇
我摸摸我的短发
心里觉得很幸免

记得那时的我
头发一直没有机会自由发展
刚刚越过耳畔
就被老妈逮到理发店一声无情“咔嚓”
不过无所谓
反正我爱穿短裤光脚丫
风风火火疯疯傻傻
经常和一帮哥们去河里摸鱼捞虾
什么东西都敢吃
从来不管能不能消化

记得花季雨季的年龄
第一次离开了家
来到另一个陌生冰冷的地方
成了一只学习不好呆呆的丑小鸭
头发开始疯长
在世界遗弃我之前
成为我遗弃这个世界的屏障
现实生活中独来独往
从此只在婉约派的伤感中徜徉

记得终于可以告别那段灰色的时光
记得当时含泪一遍一遍暗暗发誓
以后绝对不要再回这鬼地方
跑到理发店又是一声"咔嚓"
头发短了
抬脸又能见到久违的阳光

记得刚入大学
大学校园人来人往
各种社团应接不暇
记得没有任何预约
邂逅一场恋爱
开出一朵最美丽的花

天于是蔚蓝很多
白云也变得很漂亮

有个人让你整天牵挂
头发心甘情愿为他留长
头发一天天长了
心也一点点软了

记得头发还在长的时候
他就离开了
半短不长的头发不尴不尬
知趣的掩住我汨汨流泪的眼
掩不住汨汨流血的伤疤

记得后来有一天
我面无表情坐在镜前
“咔嚓”一声
所有来不及诉说的心事
灰飞烟灭

记得大学毕业那天
我没有感受到痛苦的离别
满心都是对世界的憧憬
成了一个到处开心乱跑的媒体小编
头发又不知不觉间变长
时而披散时而扎个马尾辫
精力好像每天都用不完
日子每天都是崭新的

记得顶着一头齐耳碎发来到上海
兴奋、迷惘、调整、适应……
市场、品牌、产品、文化……
遇见、牵手、结婚、备孕……
头发慢慢长到披肩
然后定格，好多年

记得再剪成短发的那一天
没有什么特别原因
一冲动就去剪
这一剪，被定格
又是好多年

头发长了可以剪短
头发短了可以长长
而时光逝了没有办法回转
拉直、焗油、染色、卷发……
有天兴致勃勃研究这些漂亮的玩艺时
突然想起从前
那些很久远的事情
头发曾长长短短，短短长长
这才惊觉时光的不动声色

2003 年 5 月初稿
2014 年 9 月续写

总 是 期 待 有 一 天

我 能 耐 心 地 趴 在 地 上

给 曾 经 有 过 的 所 有 不 正 常

都 安 上 翅 膀

让 它 伴 随 着 逝 去 的 四 季

飞 往 海 天 一 色 的 地 方

从 此 远 离 我 的 视 野 与 思 想

第一章

毛毛虫岁月

(1996-1999)

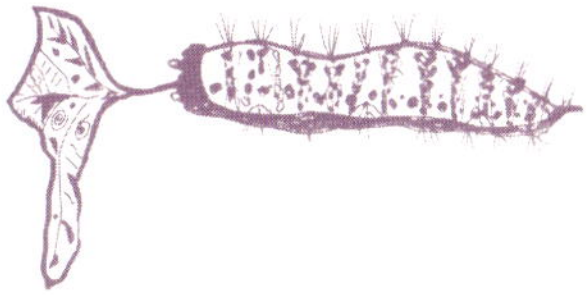

(温馨提醒：本章负能量汹涌，小心进入！！！)

我的晚自习

月儿当空置
群星早迷离
埋头做功课
已无思乡时

1996 年 10 月

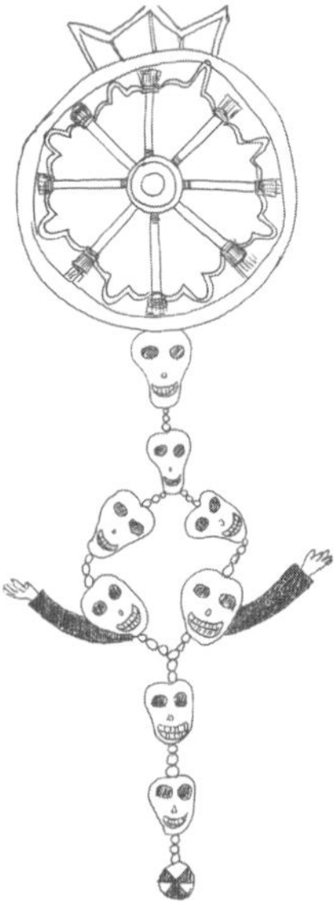

溜　号

又一次不及格
我把卷子撕得粉碎
也把自己的心揉碎
看着卷子左右盘旋
就像我的眼泪在横飞
压抑了很久
找个地方发泄
唯一的方式就是伤自己
贬得一文不值
羞得无地自容
我逃
……

1997 年

一次物理考试公布成绩后，和泪而作

另一种风景

一个空位令人伤感
更何况那里曾停泊过易碎的梦幻
故乡的水水山山
袖珍之后
还是涨满小小的心房
思乡
从湖面缓缓下沉
又急剧上升
迅速扩展
层层叠叠的屏障
抵挡不了思念的目光

风再次牵得思绪很长

将头发绾起
那又是另一种风景
不知还会不会彷徨

1998 年 5 月

小夜曲

是与否
溶解在对自然的凝眸之中
种种冲动
流水一揽而收
此刻无需夜色掩饰我的简陋
也拒绝醉人的酒
我怎能　就此而休
甘心与寂寞长相守
没有谁真正一无所有
至少最终还有影子依旧
我还有朋友
梦里释放一只海鸥
捎走我的思念与问候
在月光如银的某个小山丘
灵魂勾勾小指头

1998 年 5 月

如水如风

如水般清
如水般平
如水般等闲平地不起波澜

如风般轻
如风般贫
如风般无拘无束不会受伤

一个人真如这样
他已溶入自然
世人向往这种意境
却又不会满足那份平平淡淡

1998 年 6 月

进行曲

细细的钢丝上
不能保持平衡就难以立足
惊愕声中
多少辉煌掩面叹息
悬崖尽头
笊篱烧得滚滚烫烫
将沾满淤泥的我们打捞起

1998 年 6 月

错　觉

渐渐分辨不清三片芭蕉叶准切的位置
自己开始沿着固定的轨道和世界一起旋转
累了之后短暂的休息
却忙乱得理不清淹没自己的滚滚昏眩
白天遗留下来的梦想与失望
野蛮入侵我的梦境
恍惚的微笑与梦呓
再次与许多张熟悉或陌生的面孔看场电影
总是期待有一天
我能耐心地趴在地上
给曾经有过的所有不正常都安上翅膀
让它伴随着逝去的四季
飞往海天一色的地方
从此远离我的视 野　与　思　想

1998 年 6 月

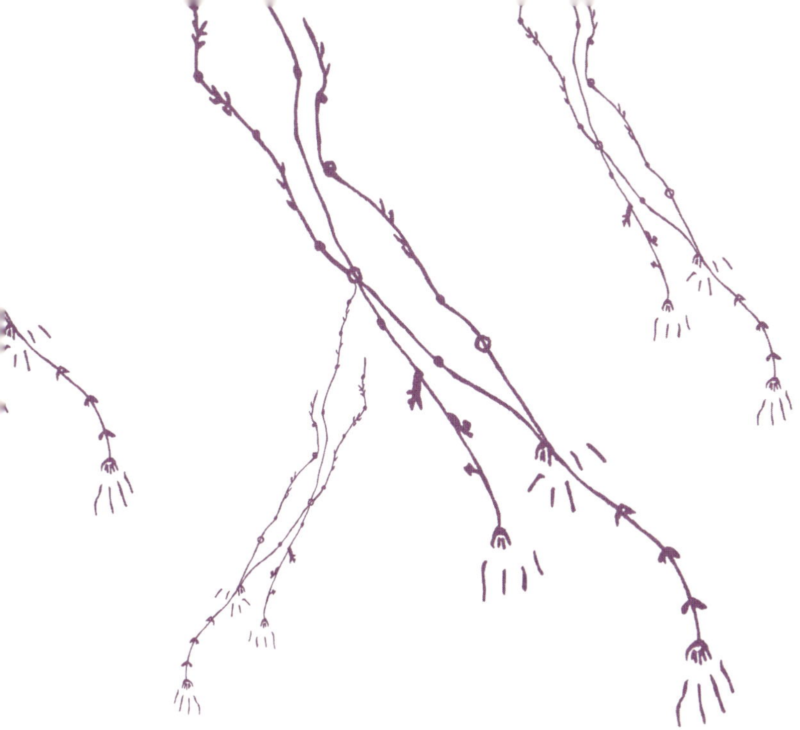

※

趴在桌子上，呆呆的望着头顶吊扇三片叶子转到让我分辨不清，我恍惚想起，再过几分钟就是期末考试，考试对于我，确切的说是我对于考试，没有一点把握，还有几分钟，我拿起考试用笔，在考试用纸上飞快的涂下一首歪诗，迎接考试。

我有很多不正常吗？它们会不会有天远离我？其实当所有的不正常远离我时，又有什么好？只不过世界上又多了一个庸人俗人罢，何况这本来就是一场错觉。

圈

随手拾起一块碎瓦片
画了一个圈
我就席地坐在里面
谁也不许进来
当我呆坐忘记了时间
一只黑蚂蚁侵入我的宫殿
当我举手轻拂
发现圈里还有许多别的小动物
还有青青的草
还有蓝蓝的天

1998 年 6 月

我的家

我的家
在山那边的那边
“天边飘着故乡的云”
那片片变幻的是心中摘不掉的花

想家时
不要欺骗自己说眼中掉进了沙
回家时
有多少疙疙瘩瘩我都不会怕

妈妈叫我把心放下
不要太念着家
可是每到黄昏时
她却依偎着门槛
写满脸的牵挂

我是伏在桌子上写着这些话
我看见
我的头发慢慢漫过我的眼睛
慢慢漫过我的脸颊

1998 年 6 月

长　发

高考的名字
湿漉漉
一络一络缠紧小小的心

凄惨的成绩
一科比一科更沉重
捶打在梦上呼然有声

当所有的压力无从释放
头发便时刻疯长

我已经不知道
什么时候的见面
我才可以回到最初的我
回到有着长发只为风飘起的我

1998 年 6 月

第一章

毛毛虫岁月

情感的沙漠化

（下午四点，一个学生用笔扼杀了一只蚂蚁）

那蜷缩成一点的可曾是个生命
为何不再爬来爬去
它已听不见苍白微弱的呼喊
谁也没有权力让生灵死寂
也许人是知道最后的结局
知道为何还不放下手中的笔
沙漠化的情感
情感的沙漠化
扼杀了一个生命
面对尸体没有半点怜意悔意
小蚂蚁
你的兄弟姐妹父母亲
还不知道你在敞开的课本上遇难吧
许许多多冷漠的眼神
不会注意一颗灰尘似的你
厚厚的书本闭上眼睛
茫茫黑暗下
每页都可见你未瞑的双目
听到你激烈的呼吸

1998 年 6 月

理　发

咔嚓那一声响
很多故事与头发纷纷落下
背景是川流不息的变化

不知谁折的纸飞机在飞
飞满天
飞过旧时的冬冬夏夏

镜里一张模糊陌生的脸
再现不存在的童话

怎样面对尴尬
送我几片葡萄叶
让我装作什么也不知道
细凝脉胳

酸酸的汁水
漂洗
淡淡的疤

1998 年 7 月

十字路口

我不动笔
全身的每个细胞就总是不停地呐喊
呐喊令内疚更胜一筹
整天的沉默
沉默令偶然一笑也在变质
控制不住的回头瞥视
瞥视后的失望一次再次触伤脆弱
脆弱过火

弧形的隧道底
冰凉的五指单调地抚摸着墙壁
频频向雾深深处探望
盘旋一圈又一圈
依依离

现在平静地走下讲台
台下没有和往常一样稀稀拉拉的鼓掌
堆得比头高的课本淹没了你
以及你近来才有的深沉
我就坐在座位上等
等待摸不着门槛的唏嘘声

枯萎的牵牛花上
罗列出一长串谆谆告诫
毛毛虫时耸时伸
像是在跳霹雳舞
一只蜘蛛搭着早班车来倾诉秘密

这样的季节　这样的年纪
站在十字路口
我实在没有勇气说：心有灵犀

1998 年 6 月

陌生的新袍

在乎别人眼中的渺小
而匆匆忙忙地逃
逃到天涯
逃到海角
又如何逃得了心的悸栗与崩倒

裹上一件陌生的新袍
为了一句话而抛弃自我
名言与名言常相撞
此刻又该往哪方跑

人原本是石
那些棱角　谁能至死还保留？
岁月的刻刀用时光慢慢磨掉

最后的燃烧
目光一次又一次延伸
多年蓄积的温柔慈祥
一股脑而至
然后转身变成沙
　　　　变成土
古碑面对过往行人从容微笑

往事支离破碎
摇椅中闭眼假寐的老头
被溅了一身的水
只是倒影不全是自己

面对尚还遥远其实也不遥远的古稀
曾经爱跳爱笑的我们
还会尖叫吗？
对于滚到拐杖边的足球
还会饱含热情补踢一脚吗？

枕着时间睡觉
时间乖乖的绝不吵闹
梦呓抵不过它的灵巧

最后的结果终究是：
尘归尘　土归土
一辈子就这样碌碌无为了

1998 年 6 月

挽留的借口

不要回头
不要回头看见我泪流满面地挥手
很多本该久停的东西
野风般远离
没有告别　没有再见
难呀！
再难找出挽留的借口

1998年8月

东边有虹

我摇摇头走开
自以为不生气不在意走开
自以为看过彩虹就不会伤感
所有的心事都抛给那条七色飘带
可镜子不相信
清清楚楚映出我的失落与怅惘
我无法欺骗你
更无法欺骗自己
即使再小的愿望
未曾实现总会有点心不甘

1998 年 7 月

高中住宿生活

一桶冷水顺着头发浇下
哆嗦着大叫刺激
夏天可有叶落
还未接触地面
铁丝上我们晾好的衣
早就与风玩游戏
冷水中苏醒的思维不能轻意复醉
走进蜗居般的寝室
火柴点燃每个人的毅力

1998 年 7 月

不眠之夜

浓茶　黑咖啡
敌不过琐忆
一层极淡的惋惜
一层极淡的满足
谁还有兴致半夜起床吟诗
谁还有勇气直视摇曳的月亮和星星
月亮与星星摇曳地轻声叹息
一切都缩小
缩小在掌纹里游行
蛐蛐儿边唱边弹
竟是外面惟一不成形的浪漫
笔旋转一圈又一圈
某次本该完美的弧线
在我的歪诗被搁下的时刻
悄悄瓦解

最后的清醒
记得
黑黝黝的天空掠过一丝狂乱

1998 年 7 月

试后心情

所有的不安与后悔
都用来铺路
远迎最坏的结果到来
一张试卷辗转而至
传到我的手里是如此憔悴
微薄的分数时刻提醒
字里行间还不够汗水
浪费多余的悲伤与泪水
这一刹
梦不敢乱飞
曾经的投资是多是少
此刻都得以校对

1998 年 6 月

狗尾巴草

插一瓶新绿
主角却是狗尾巴草
布满绒毛的胖影
飘飘摇摇捕捉我的微笑
缠了好些牵牛花的旧铁门
已经生锈
一格一格的阳光不知疲惫
寻觅阴影里蕴藏的故事
找也找不着
却被一群野草笑弯了腰
蝉儿吹起口哨凑热闹
绿色的精灵
赶紧扛起各自羞涩的花轿

1998 年 7 月

雨

舍不得呀！

又怎样呢？
结果还是离开
吟哦着
一滴两滴三四滴……

尽管有个港湾最终会收留我
又怎样呢？

又怎样呢？！……

1998 年 7 月

山之旅

风有点着急
匆忙地掀起新娘的红盖头
脚抬得高高
怕触伤石阶缝里发疯的小草
不是文科生
也来重温一下鲁班制锯的历史
这样的季节
本就属于旷野之上高天之下远眺

1998年7月

期　　望？

多年挂在耳边装饰的季风
今天可以丰收
违心地让苍白的声音抹上色彩
很多金星从表皮荡开
别人的期望挤上一叶小木筏
逆风驶进我的港湾
很多问号是否真如转个弯起跳那么简单
笔在手指间跳舞
疾驰之间来不及哭
层层叠影中
我不知道哪个是真的我
许许多多期望面前
我们最好什么也别多说

1998 年 7 月

歌不成歌

听说，什么都不能做时，还可以写写诗。

献给高中时早亡的同学：潘磊。

——题记

一秒一秒走得纤细
门外哪一步是你的徘徊
你的远离
游丝般
身影溶入很多双眼睛中
荡漾着
透明的泪光里
渐显深邃的双眸还原至最初的单纯
题海中复出的我们
依然是小孩子
让一切尽在不言中
思念长满触须将歌声绕得紧紧
只因固执地相信
这份没有蝴蝶结的祝福
天际飞翔的你
在微笑流泪倾听……

1998 年 9 月

憾

晨时，不忍放手
仅仅是我不忍放手
沉默有很多理由
一个女子　这个女子的沉默
除了愤怒
还有无可奈何

抽空的葡萄架轰然倒下
阶前天是亮了
心却黯淡下来
不清楚是瞬间还是慢慢
不清楚是暂时还是永远

当未说出口的承诺如蒲公英伞状飘荡
当艳阳天下多少谎言纷飞没有内疚
有些日子　太阳醒来了
可不知为何又很快睡着　打着响鼾
让毛毛细雨伴着抡斧的身影
精致得如首流行歌曲
从此日以继夜地吟唱

尽管从开始就不敢猜想将以什么结束
尽管难以拒绝最坏的打算
哦，好了，好了
现在不会有人打扰我
星星却敲着我的窗子
有很多声音

1998 年 8 月

※

当不如意时，找不到解决的办法，就会寄托于迷信。老家门口本来有一棚美丽的葡萄架，是我最喜欢的风景，由于那时家中事事不顺，父母便迁怒于它，拆了架，砍了藤。可怜可惜可叹，现在回想还是心疼那棚美丽的葡萄架，同时也开始心疼那时无助的父母。

夜归人

夜与我一样蜷缩
思想泛滥
蔓延在公共汽车的每个角落
拥有了太多
破旧的牛仔裤装不下
不规则的洞口流出规则的幸福
它们又要投宿何方
总是一段时间之后
急于找回那归心似箭的感受
或许只是因为有盏灯在等我
或许只是还有人我可牵挂
知道他们也牵挂着我
风从窗口吹来
吹得我只剩下一个意识：快要到家了
似乎上车前我很活泼
上车后话越来越少
这一切或许只是近乡情更怯
或许走到尽头
终于只会完全地沉默

1998 年 11 月

残　诗

我想告诉你
我有多浅
可是你却过早地闭上眼睛
让我变得和夜一样深

颤抖的树枝
还是握不了弦上剩下的几枚叶子
就如颤抖的我
散乱一地难以继续的歪诗

1998 年 11 月

削铅笔

一把小刀　极旧的小刀
一枝铅笔　很新的铅笔
一双手　粗粗糙糙
不再需要多余的道具和掩饰
于是迎着扑面而来的粉笔灰
我在帮人削铅笔

削铅笔
是件很愉快的差事
不要征得别人的同意
顺便随意削减茂盛的心事

削铅笔
也是个很残酷的过程
反复打算怎样将棱角尽量削得圆滑
并且付诸行动

1998 年 12 月
在分秒必争的高三，我新添一种爱好：削铅笔。

迷路于街头

边挥霍边沉默

与街头一次又一次碰撞中
将自己如同五斗米一般付出

只知转 转 转
不停地转圈
又转回原地
转得头晕脑涨

哎！糟了，我找不到我自己了
哦！忘了，我已付出我自己了

将脚步付给人群
将逗留付给摊贩
将眼神付给招牌

我发觉我走得更远
握不住白云素手纤纤

1998 年 12 月

粘在眉头的问题

从家到校
从沉默到孤僻
从一个虚伪到另一个虚伪
从这些人到那群人
从累到累
……
实在 实在不敢承认
只有坐在汽车上
两个小时属于我
那么 那么使劲地蜷缩着身子
让思想也占点座位
风　风吹得急
吹走乱糟糟的记忆与不自觉的顾忌
一个问题　一个问题粘在眉头不肯离去
我不明白　我不明白呵
究竟哪个是假装的
快乐或悲伤
冷酷或热情
善感或敏感
以及笑或泪

1999 年 1 月

我想这样走下去

让我这样一直走下去　好吗?
踏着浅浅的月光淡淡的影
让我再细细咀嚼几遍　可以吗?
心内的寂寞
身外的孤独
以及手中未熟的青苹果

我想这样慢慢地走下去
慢慢地用时间换平淡
慢慢地学会容下很多

我想这样一个人单独地走下去
永远以最好的善意看人
永远以最美的方式织梦

1999 年 1 月
黄昏于去教室途中

句　号

找个夜晚
属于自己的夜晚
了却一段心事
还未开始就已经结束的心事
潇湘秋雨
瘦竹疏影
只是今夜焚诗稿的女子已不是黛玉

1999 年 1 月

烦恼的小孩

天空陪着我掉眼泪
天空也紧皱着眉
秋水盈盈
不知谁最需要安慰

借黛玉的花锄
埋葬一段心情
破土的我的愁
带有淡淡青草味儿

迷蒙的山岚中
我感觉一双翅膀
也许是只找不到家的蝴蝶
也许是志摩云游

踏着雨滴的节奏
我尝试风的舞步
风抽开我眉头的线头
将我远远抛在身后

眉心舒展开

牵动唇角微微上扬

而那些烦恼那些忧愁

我想收线也难以回收

1999 年 5 月

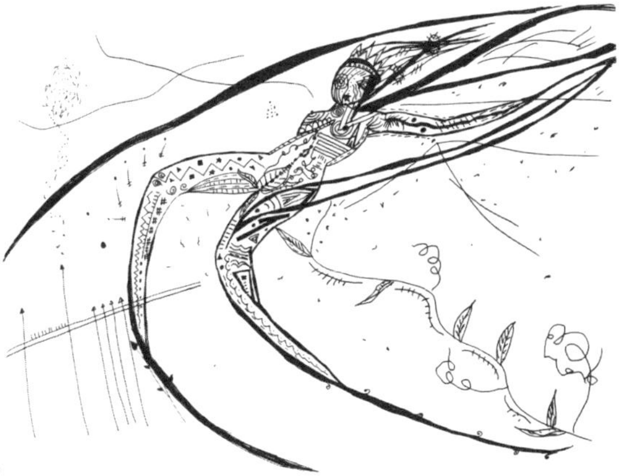

如　果

如果星星再稀些
如果夜再深些
如果古筝曲从松林缓缓溢出
如果……

梦过无痕
又还会有什么不同的结局？

1999 年 2 月

凤凰诗

写诗后焚了
焚诗后再写
其实
写着的就是焚的
焚了的就是写的

1999 年 8 月

沙 尘 暴 的 激 烈

柳 絮 杨 花 的 缠 绵

突 然 发 现

我 的 矛 盾

如 同 北 方 的 春 天

第二章

名为大学的蛹

(2000-2004)

情感绿洲

我伸出手
被你握住
穿越许多未知
单调递减

在年轻的风中
采撷几束本属于我的眼泪
放你的手中
帮我抛向天空

今夜月亮嫉妒得像要发疯
我不敢约你看流星雨
如果离开已是注定
一千个展颜的理由都有错

慢慢地走　孤单地走
冬天的残局春天解
昨晚我自沙漠而来
今晨我又得踏沙离去

2000 年 9 月
看完电影《星语星愿》有感

阳光驿站

2001年2月

不忍拒绝一只蜜蜂的邀请
山路最弯的地方
疾驰的车戛然而止

从发呆中苏醒过来
又沉入发呆
淙淙的溪水声
摇曳的野花
山风扬长而去

抚皱昨夜的倒影
贫血的人
写着贫血的诗
贫血的诗
念叨着贫血的心事

拥着这花香与轻愁
晚上应该是彩色的梦吧

从闹市又要驰往闹市
多么渴望归隐于此
车轮辗碎东篱菊花
感觉已有新鲜的蜂蜜
融入了血液

没顶之灾

在回忆里遭遇没顶之灾
在背景乐中湿得淋漓尽致
长路尽头就这么一直沉下去
暮色如潮水向我温柔地覆过来

（无可救药地开始发呆）

不想让心情总由你的天气主宰
不想让等待成为一生固有的姿态
不想让眼泪成为过去的句号
不想让情感从此沦为一片沙漠海

（发呆之后不能再发呆）

今夜的星星陪我最后一次想你
这种季节据说没有花适合别离
那么就用耐心培育一朵微笑吧
慢慢绽放在脸上就不轻易凋谢

（是的，微笑不能凋谢）

黎明到来之前决定放手这份年轻的爱
生命里无论哪个阶段都不能留下空白
将所有一切极其信任地交到时间手里
相信它会磨平曾经刻骨的快乐和悲哀

（只是
这个夜晚
我
无法抑制
无可救药
依旧在发呆……）

2001 年 7 月

一个写诗的下午

这是一个写诗的下午
不为什么
正如只会在某些时候　某个地点
才会对自己说
“今晚流泪吧！”

这是一个逻辑被挡住的下午
思绪不合章法地乱躺
每个脚趾头都会思考问题
每根头发都在跳舞

这是一个月亮降临的下午
黛玉没有哭
采集一朵微笑一枚叹息做张书签
未来的渺茫
成人的烦恼
变得模糊

这是一个灵魂飞翔的下午
牵着一颗宁静的心散步
从山巅到深海
从微笑到发呆
那么多寂寞让我享受
那么多自在任我挥霍

这是一个让人不得不写诗的下午
无法抗拒风轻云淡的蛊惑
就在这个时刻　这个下午
我听见有个声音对我说
“今晚流泪吧！”

2001 年 10 月

雨天的故事

（不知这是重新的开始还是彻底的结束）

带血的呼喊从背后响起
那一刹天崩地裂　暴雨如注
听见叮叮当当心碎的声音
可是脚步没有停

冲动的女子没有道理
刹那就成为感觉的奴隶
冲动的男子顽固坚持
没有耐心等到风平浪静

最痛苦的表情往往是笑
最悲伤的眼睛常常没有泪滴
擦肩而过的骄傲哦
尽管心中有一个小小的自己在大声地哭泣

难过藏在快乐的背后
地狱住在天堂的隔壁
可不可以什么都不要

但情海的沼泽已深陷
我没有选择无从逃避

隔着千山万水回头找你
烟也朦朦
雾也浓浓
不知从何寻觅
你在隔世的哪个山洞疗治爱情的伤?
伤好后还会不会陪我看彩虹的美丽?

2001 年 11 月

玻璃窗

坐在你的身旁
我能感觉到阳光
我能想象到花香
我能看到风吹过林梢
我能听到万物在歌唱

多少回就错以为一直会这样
也很想一直都这样

可是心不听使唤
忍不住一次再次上前试探

N 次碰壁之后
开始相信
永远要不到我所希冀的圆满

透明的距离无法忽视

坐在你的身旁
隔着玻璃窗
两个灵魂依旧那么陌生
两颗心依旧那么遥远

2001 年 11 月

落　幕

请别将祝福说出口，好吗？
请不要让泪水流下来，可以吗？
到了分别的时刻
我只想让你记住我今宵微笑的容颜

请给我一个深深的拥抱，好吗？
且让我在你额头轻轻一吻，可以吗？
从此不管海角天涯
我都会有足够的勇气流浪或飞翔

2001 年 5 月

流　星

（2001.11.19，晚，狮子座流星雨。
那是我第一次看到流星。）

停泊在夜的中央
泪水悄悄滑过脸庞
带着铭心刻骨的内伤
这些年来默默隐忍的旋转
往事竟还有些舍不得放下
漫上心头却是烟雾迷茫
也许是预知自己不可逃避的厄运
夜的中央
泪水悄悄滑过你的脸庞

你背负着多少等待你去实现的祈祷与愿望
你能帮助多少人找到梦的故乡
来不及微笑与叹息
来不及呼痛与呐喊
爱恨纠缠的记忆一次燃烧吧
美到极致的瞬间
生命正一点一点消散
消散在夜的中央

消散在夜的中央
生命之火将你未流尽的泪全都烘干
空气有些潮湿
不知明日的花儿是否会因此而灿烂
星空开始寂静
你走过的地方空留几丝惆怅
确定再也等不到你回来
我才离开
夜的中央
一场大火将所有未流尽的泪全都烘干

2001 年 11 月

千古绝唱（一）

不经意的年代
欠下一颗热泪
记忆从此温暖而潮湿
我是隔世的水滴
历经千年
潮落与潮起
依旧参不透生死与别离
百回千转
在冷的冬夜
终于
押韵的抵达你的眼睛
穿越过唐时古诗
宋时词
夜的背后
却开始犹疑
声音是识我唯一的线索
隔着梦与醒的距离
阶前窗下
颤栗着轻唤
你的名

2002年1月　滴着雨的冬夜

千古绝唱（二）

深更的浅梦
感觉有人在唤我
一声又一声
轻咬着耳朵
谁的泪
掉进我眼里
嗅到唐诗宋词的气息
循着眼角的热泪
找到你的线索
你如彼岸的花朵
一闪而过
淡忘了
你的姓
牢记着
你的名
辗转的岁月
如水的缘分
郁结千年的心事
一颗热泪
瓦解得干干净净

2002年2月 失眠的夜

天　问

2002年2月
惊闻好友陈晶惨遭车祸去世之噩耗

叫我怎么相信？
“这不可能！”
然后惊愕
然后沉默

叫我怎么面对？
生活善变
生命脆弱
一再触摸

叫我怎么忘怀？
少年往事
我的好胜
你的温和

叫我怎么回首？
大学生活
我的麻木
你的飘泊

叫我怎么继续？
心如刀割
寒冷似冰
炽热胜火

回到现实

以为交出自尊
会有人将它收留
以为苦苦哀求
对方会和我一样难受
以为转过身去
世界会为我颤抖

然后交出自尊
变得一无所有
然后苦苦哀求
直到无所适从
然后转过身去
无法控制泪流

现实生活中
有时
诗歌的美好太过奢求

2002 年 2 月
那天像个小孩子一样大哭了一场

天　空

你在抬头看什么
我在看你的天空

一只青鸟
从你的心湖
衔来春的气息
柔风拂过死水
花香漫过冬季
干涸的眼睛
开始有些灵性

那个被遗忘的孩子
安静得像个影子
抿着紧紧的嘴唇
守着茂盛的心事
你的天空像蓝丝绒
总是及时出现
给了她无限勇气

你在抬头看什么
我在看你的天空
眺望天空是我的习惯

惟恐错过你
托云捎给我的心情

只是
你　是谁
你　又在哪里

2002 年 2 月

写给母亲的歌

最疼您的人走了
最疼我的您陷入悲伤中
最疼您的人不能再疼您了
您最疼的我却总是不知心疼您

2002 年 2 月

时间

2002年2月

爬过幼年
疯过童年
稀疏的乳牙
飞舞的细辫

豆蔻枝头
别上金钗
满载的欢乐
单纯的笑脸

漫步花季
沐浴雨季
如花的容颜
如雾的双眼

阳光晌午
桃李年华
沉淀的往事
真实的明天

无声无息
渐行渐远
蹉跎的岁月
似水的流年

淡如水

你扔过来的烦恼
不会在我这发芽

你抛过来的伤感
不会在我这开花

从你身边走过
不会牵绊一丝怨恨

从我身边离开
不必多讲一句废话

2002 年 3 月

问题儿

难以拒绝
长发拂面的温暖
难以重温
支离破碎的梦幻
难以回首
默默转身的背影
难以触摸
风花雪月的浪漫
难以在不够漆黑的夜晚
平静地写诗
难以在不够宁静的空间
自由地想像
难以在不够安全的地方
放肆地大笑
难以在不够寂寞的人群
从容地交往

2002 年 3 月

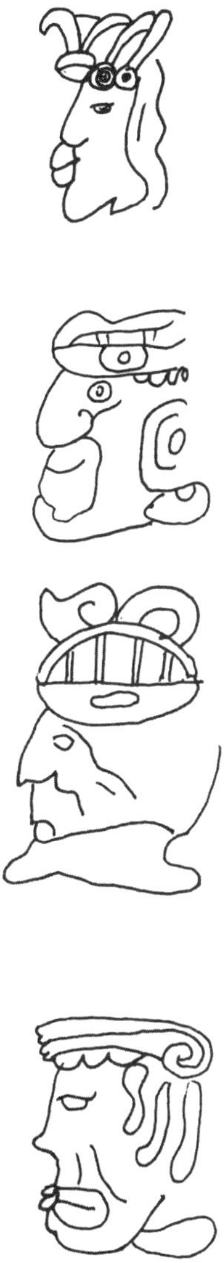

青　葱

那天还有多远？
抵达彼岸
那路还有多长？
拥吻梦想
宁静依旧和爱情
背道而驰
诗歌依旧和快乐
擦肩而过

2002 年 4 月

海的女儿

小人鱼搁浅的海滩
哀艳的晚霞和如血的残阳
突然置身语言的尽头
眼泪的温暖和头发的芬芳

相信你的爱就是海洋
相信你能听懂我无声的吟唱
舍弃一切来到你身旁
鲜血铺垫的脚步优美绝世
泪水灌溉的笑脸妩媚无双

夜夜在你帐篷外发呆
我的心事你何时才来采摘?
汹涌的祈求快将我淹没
亲爱的王子啊
为何你还是不能明白?

陪你坐船去邻国看新娘
你的喜悦是我心头滴答的鲜血
她是你阳光下邂逅的姑娘

我躲在礁石后
只能对你远远远远远远地观望

无法说出这是一场错爱
只有黑夜才懂我的无奈
将手中利刃远远抛开
你的利刃却无情将我伤害

抚着伤口在风中徘徊
只有大海才懂我的悲哀
轻吻和你相处的往事
心碎的声音泄露了我的感慨

小人鱼消失的地方
凝结的空气和静静的曯光
突然置身生命的尽头
眼泪的终结和寂寞的了断

2002 年 4 月
注：安徒生的《海的女儿》是我看过的最凄美童话。

第二章

名为大学
的　　蛹

小女人日记

你来得如此仓促
我来不及收拾的感伤
碎落一地
碰翻高脚杯
蔓延满脸红葡萄酒
我想
我是已经束缚

你来得如此绝对
不择手段
攻占寂寞的堡垒
烦恼在发霉
玫瑰好甜美
我想
我是已经沉醉

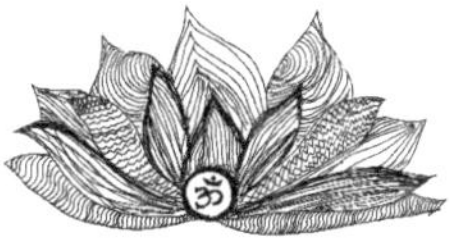

你来得如此轻快
犹如台风袭过大海
像个小孩
厚脸皮耍赖
像位老妈
多嘴巴关怀
春暖花开
我想
我是已经恋爱

2002 年 4 月

跟着他回他家

天气很好的上午去逛街
街上人来人往很拥挤
突然回头找不到爸爸和妈妈
我在百货大楼前的石阶坐下

坐在橱窗边的小台阶
看着擦身而过陌生的脸
有长得像我弟弟的人过来撒娇
我没理
有长得像我哥哥的人过来询问
我没回答

我只沉沉微笑不说话
我的鼻子特别灵敏
只有嗅到熟悉的气味
才会跟着他到他家
把手放在他的手里
决心做他的哑巴
他请我喝茶，我为他插花

也许有一天
他开始说我笨

我开始笑他傻
也许有一天
我要离开他的家
离开他
一个人
浪迹天涯

浪迹天涯应该会很累吧
如果太累就再找个台阶坐下
嗅似曾相识的气味
等待另一个他带我回他家

2002 年 5 月

风

一

拂过草原
扫过沙漠
掠过林梢
涌过波涛

晴天或雨天
白昼或黑夜

不停歇的焦灼
无止尽的漂泊

不明白
这一切
为什么

二

阳春三月
花开的季节

我的脚步
缓慢而温柔
蓦然回首
小桥流水
浣纱的伊人一位

伊甸园里
我曾吻过她
三生石上
我曾拥抱过她

辗转千年
她的模样
依然没有变化

三

那一刻
为她徘徊
那一刻
为她沉醉

用最温柔的语气
告诉她
我是谁

从三月到四月
从四月到五月

四

我是风
无法久留
穿越你的长发
又隔一个天涯

沙尘暴的激烈
柳絮杨花的缠绵
突然发现
我的矛盾
如北方的春天

五

轻拂草原
狂扫沙漠
飞掠林梢
翻涌波涛

晴天或雨天
白昼或黑夜

不停歇的焦灼
无止尽的漂泊

不明白
这一切
为什么
为了梦想?
还是为了生活?

2002 年 5 月

完美一天

白色房间
蓝色布帘
临海的窗户边
写一上午的诗
发一下午的呆
吹吹风
然后忘了时间

2002 年 5 月

紫色的云朵

你想对我说什么
满天紫色的云朵
诉说你心中奔腾炽热的火焰
还是那波平如镜的湖水

太阳似落未落
夜色欲来还躲
在白与黑的交界
你左右为难地沉默

沉默着什么都不说
一半是水一半是火
旁人眼中你是蛊惑
你的心里备受折磨

水与火纠缠的无尽折磨
势均力敌的相互拉扯
这个黄昏你始终什么都没说
黑夜渐渐掩埋所有结果

2002 年 5 月

混　浊

我的眼可以看些什么
我的笔可以写些什么
花开在冬天
雪飘在夏季
中了女巫的蛊惑
该清醒的时候着了魔

我的嘴可以说些什么
我的心可以想些什么
游荡在白天
失眠在黑夜
四处弥漫烟和火
仿佛天地未开时的混浊

2002 年 7 月

黄昏巷口

——致李清照

掉下一根白发
惊觉岁月悄无声息的变化
伶俜几十年的酸辛
回首也只不过如蝴蝶飞过的今夏

红又瘦了
绿又肥了
他走了
独留你在帘儿底下
听人笑话

将斜阳想像成他看你的眼神
温柔无语
将雨滴想像成他想你的泪水
黯然倾洒

晚来风急
单衣试酒
今晨打的二两女儿红
太过辛辣

挣扎这么久
飘荡这么远
黄昏巷口
所有嘲笑你的须眉
因为你挥毫而就的笔墨
而闭上了嘴巴

你想哭就哭
想闹就闹吧
只是双溪切莫把舟泛
舴艋舟太小
载不动的
不只你许多的忧愁
还有你旷世的才华

2002 年 11 月

花　老

水气氤氲的城市
被雨清洗的道路
满目青翠
满耳鸟鸣
骑自行车的年轻恋人
洒下银铃般的笑声

重归平静的城市
乱红无数的道路
花老昨晚
清香依旧
长发高绾的中年妇人
抱肩缓缓地行走

她脸上的表情
不偏不倚
说出了寂寞的含义

2003 年 6 月

风花雪月

一、风

走四方无法终结的流浪者

吹过来
带走你的烦恼
吹过去
带走你的欢乐
走的地方太多
到头来
却把自己
迷惑

二、花

美的东西总是让人分心的

以前
你把我摘下
别在鬓边
草肥水美处
懒懒地休闲

风吹过来
吹皱镜中你的容颜

如今
你把我拾起
放入钵中
捣烂成泥
敷在你脸上的伤口
汁泪交融
我是你毁容的帮凶

三、雪
飘落总是那么不由自主

出发前
已揣想归宿
树梢
屋顶
道路
最好是你的窗口

出发了
朝着你的方向努力飘落
兴奋
害羞
神圣

还有无言的寂寞
又是那恼人的风
吹过来
却把我吹到离你千里之外
小阴沟

四、月
辛苦最怜天上君

不要惊慌
不要恐吓
掉到水里了
就让水淹没了我吧
不要敲锣
不要打鼓
天狗愿意吃我
就让它去吃吧
没有风吗？
不吹来一片云
没有被子盖
今天晚上
恐怕
又让我睁大眼睛
失眠到天明了

2002 年 11 月

傻娃娃

银杏叶飘然起舞的树下
盘腿坐着两个傻娃娃
傻呵呵地聊着天
傻呵呵地将烦恼扯成片片
端量满地金黄
俨然像富足的国王

2003 年 3 月

戏说人生

轰轰烈烈经过
战战兢兢生活
如果感觉不到快乐
云端或是尘土
上帝或是蚂蚁
没有分别
都只是别人的评说

眉飞色舞欢歌
黯然神伤落寞
如果表情只是道具
喜悦或是痛苦
深情或是冷漠
没有意义
都只是虚假的生活

2003 年 5 月

我是一棵树

白天
在石头森林里穿行
玩捉迷藏的游戏
有时候累了
坐在尘土飞扬的路边
片刻休息
然后拍拍屁股
继续前进
一心一意

夜里
我是一棵树
巨大如伞
住处临近青草小溪
蘸取山泉水
每一处枝条藤蔓
认真清洗
赤子之心

亲爱的你
现在在哪里?
我以秋水的姿态等待
以芙蓉的微笑憧憬

你是天空的模样
纤尘不染
抬头望一望
眼神宁静
内心却无比坚强

2003 年 5 月

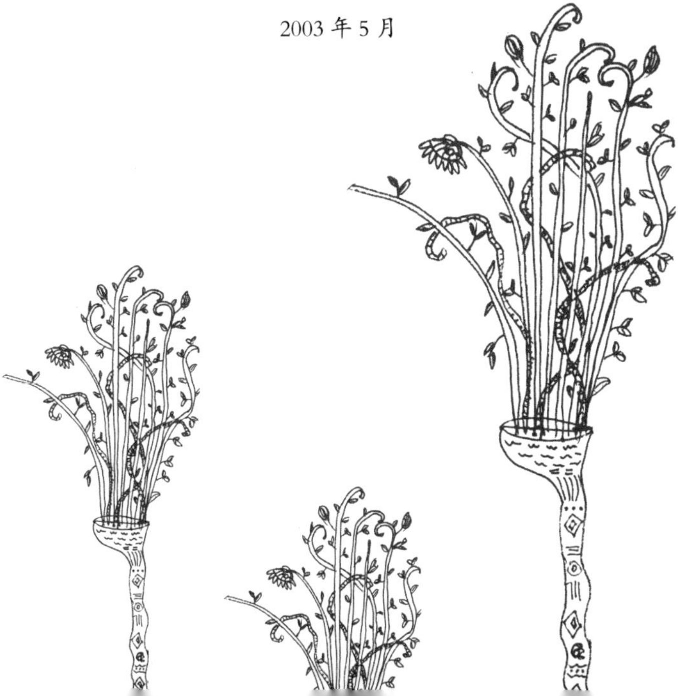

午　　后

一个人面对一整片原野
没有人打扰　真好
悉悉索索的耳语
是风轻轻抚过青草
风中有一只七星瓢虫迷了路
不小心撞上我的腰
我对它很有礼貌
它也对我很友好
于是在一棵小松树旁边
我们并排享受午后
这刻阳光懒洋洋的味道

2003 年 6 月

流浪的蒲公英

风起，吹散了一株蒲公英
火车徐徐启动，我又该远行
远行，从南到北
与候鸟过冬的方向，相反

2003 年 8 月
写于火车上，人为什么总是处于动荡的生活？

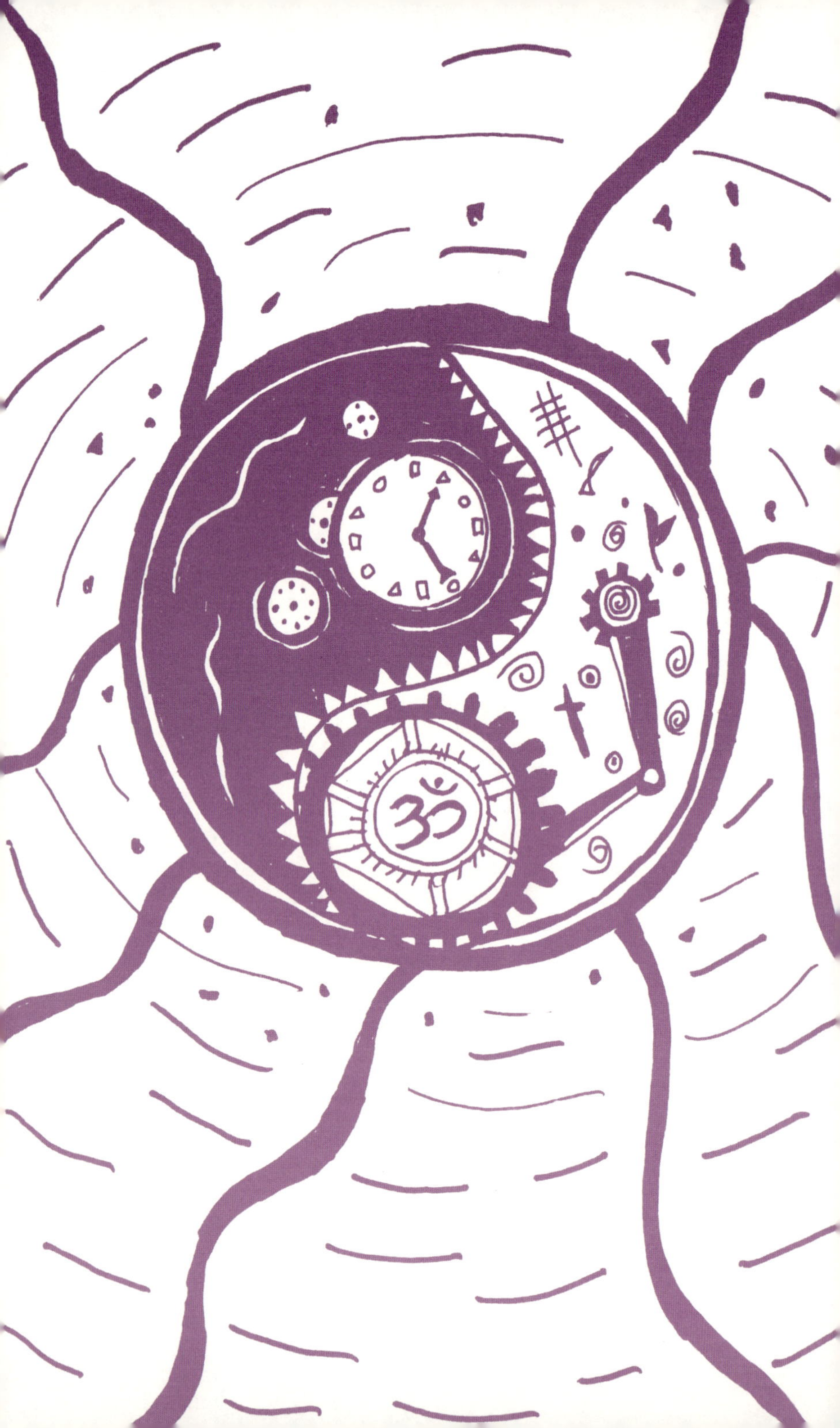

隧道情缘

2003年9月

历经了漫长枯燥的旅程
携带着岁月无情的馈赠
两列不再年轻的火车
某一天终于相交
相交在这狭长幽深的隧道

相交在这狭长幽深的隧道
彼此呼啸着迎面而来
灯火太闪耀
这一刻的距离是 0.01 公分
持续的时间是 0.01 秒
短暂热烈的交会
灯火太闪耀
照亮了这阴暗狭长的隧道

照亮了这阴暗狭长的隧道
来不及看清你的眉目
分别的时刻就已来到
我不是你的天涯
你也不是我的海角
这样的结局已经有所预料

这样的结局其实早就知晓
洞口那一点点微弱的亮光
才是隧道中的火车行驶的惟一方向

惆　怅

细雨霏霏
天空害了伤寒
树木肃静
像是为谁吊丧
凉风萧萧
吹得满地黄叶
沙沙作响

满地黄叶
自转公转
在水伊人
渐行渐远

你的背影是颗种子
在我眼里长出一个秋天

2003 年 9 月

易碎品

2003年10月

将易碎品从高处推落
你想要证实什么
那一声清脆的裂响
以及满地触目惊心的狼藉

是否痛后才会思痛
是否得意必定忘形

该捧在手心的不加珍惜
该生于心坎的弃之野地
该反复斟酌的不假思索
摧毁了美丽
从何修复
这一地的破碎又支离

凤凰焚烧可以涅槃
生铁百炼可以成钢
花儿却只能开一次
当把它从枝头摘落
鲜活的生命断送
枯萎已注定是它惟一的结果

中箭的天使

从小就梦想着飞翔
飞往那广袤的天空
或者是那蔚蓝的海洋
终于有一天
我的祈祷被神听见
他便赐予了我一双美丽的翅膀
梦想成真　欣喜若狂
我开始计划我的胜利大逃亡

在皓月当空的夜晚启程
在无所归依的空气里　努力地飞翔
出门的疏忽
忘记带司南
于是在起风的时刻
开始迷失方向
只能随着风飘荡

飘到巍峨银白的雪山
着衣太少的我快要冻僵
飘到遮天蔽日的原始森林
被凶猛的野兽四处驱赶

飘到人迹罕至的深山峡谷
没有谁聊天也没有人关心
飘到寸草不生的沙漠
日头不怀好意想我做它的烤肉午餐

我无时不刻地飘
我不由自主地飘
衣裳褴褛　满身伤痕
直到有一天
我突然听到尘世有人殷殷地呼唤
我的乳名
回首凝神观望
爷爷奶奶佝偻的背作弓
他们额头刀砍一样的皱纹
和满头银发作箭
被爸爸妈妈拉了一个满弦
将天际飘泊的我的心
密密麻麻射穿

2003 年 9 月

突然想起你的脸

没有任何预见
微风吹过草原
鸽子环绕不去
突然想起你的脸

是梦中的画面
是模糊的概念
是不停的提示
却始终信息不详

2003 年 10 月

告　　别

那是一个很久远的背影
恍若隔世却又鲜活如昨
想要触摸时触不到
想要忘记时又忘不了

那是一份芳香的毒药
我是一只贪食的小鸟
没有心机一仰而尽
喝完发现心痛如绞

2003 年 10 月

蹦迪去吧

嘈杂的音响
镭射的灯光
脱下了魂魄
一屋子的人
如困兽
四处突围
焦灼而茫然
你在说什么
不要听
也不想看
看不清
你的模样
极速变幻的万花筒
撞到礁石的船要翻
海水已沸腾
火山在爆发
万里高空的冰雹
加速度往下砸
左手是地狱
右手是天堂
睁眼看希望
又闭眼看到死亡
石头一样的阴霾
生命无法承受的重量

思想
如同一片落叶
在八级台风中
飞舞狂乱
心事
落一场瓢泼暴雨
羯鼓催发
倾盆而下
将千年古树连根拔起
将参天巨木横腰截断
不满足
有遗憾
舞曲戛然而止
灯火突然璀璨
走到了尽头
依然受困
四周
这般坚硬的墙

2003 年 11 月
特别郁闷的一天

异乡听雨的夜晚

没有油纸伞
没有悠静寂寥的雨巷
窗外青石板
将谁的足音敲响
哒哒的脚步声由远至近
又由近至远
轻轻柔柔的湿意
将倦客不设防的心晕染
躺着的床摇摇晃晃
如同水乡采莲的小舟泛泛
夜未央，滴答缱绻
在睡与醒的边缘
总是将这烟雨的北方
误以为是南方的故乡

2003 年 11 月

改　变

暖了香
花事缠绵
暗香浮
蝶影蹁跹
执手处
言笑晏晏
一低眉
暂把闲愁敛

黑了天
花落无言
冷了月
往事如烟
一眨眼
沧海桑田
阳光前
把酒说再见

2003 年 11 月

五弦琴

我是一柄五弦琴
横亘在路边
等待你的旅行
可惜赶路的人脚步匆匆
最终听到的
只是一曲乱糟糟的杂音

2003 年 11 月

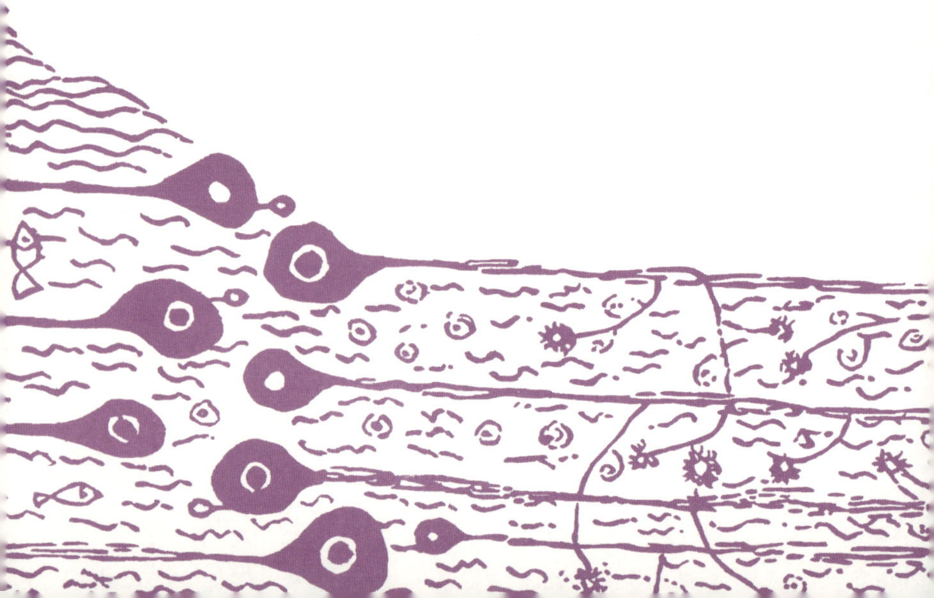

怎么说?

该怎么对你说
我的失落
是枝头急剧下坠的苹果

该怎么对你说
我的寂寞
是丛林蜿蜒低洄的小河

2003 年 11 月

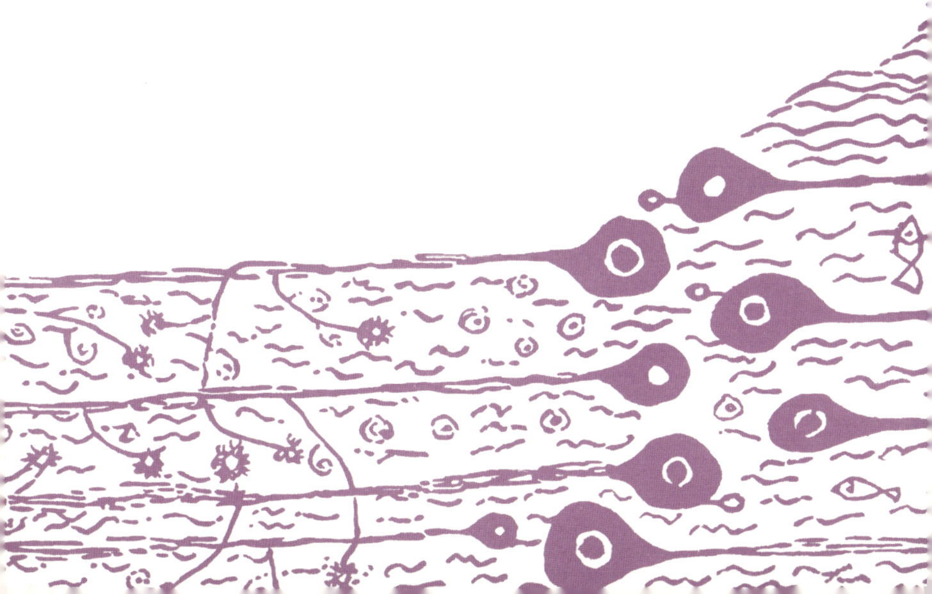

迷雾森林

2003年11月　大雾天气

迷雾森林里
我是一只迷路的狐狸
迷惘的内心
迷乱的足迹

在这迷雾的森林里
被雾气迷住了眼睛
迷失了方向
迷失了自己
却始终迷失不了你
你是北极星
天边屹立

迷路在这片迷雾森林里
死一般的寂静
突然听见沙沙的脚步声
从身后响起

沙沙的脚步从身后响起
不敢回头看
不敢回头看呵
怕一回头
发现来的那个人不是你

西　　湖

那一晚西子湖畔
那一晚桂花香
那一晚驿外断桥边
谁人将千古的传说
浅吟低唱

那一晚风清月朗
那一晚山顶微寒
那一晚撩人夜色
并肩看万家的灯火
依次点亮

那一晚伤了神
那一晚慌了张
那一晚蓦然回首
不期然
撞见他疼痛的目光

那一晚你从江南走过
那一晚恰好彼此都寂寞

2004 年 11 月

眼睫上的蝴蝶

2003年4月1日

昨夜闲潭梦落花，落花犹似坠楼人

几多年前，女娲补天
终南山的背面，如泣如诉的琴声
激活了一片落叶
翩然起舞，变成了一只蝴蝶

云舒云卷，花飞花谢
秦时风汉时月，唐时牡丹宋时雪
阅尽千帆迷眼乱
难以停歇，停歇生命将枯竭

孤鸿明灭，柳色伤别
回首沧海桑田，顾盼人世间天堑
斜晖脉脉水悠悠
兀自轮回，栖息弹琴人眼睫

曲终人散，玉碎帛裂
曾经楼亭小榭，春水画舫听雨眠
终点又回至起点
无处告别，红尘万丈湿了鞋

这 是 一 个 美 丽 的 成 长

看 一 颗 偏 执 的 心 如 何 柔 软

将 一 颗 沙 粒 磨 砺 成 珍 珠

第三章

蝶影蹁跹

(2005-2015)

也许我不是真的爱你

我想也许我不是真的爱你
只是沉浸于一场欲罢不能的游戏
尽管明白尽头只是空虚
但仍然不顾一切纵容自己

我想也许我不是真的爱你
只是痴迷于一种飞蛾扑火的心情
尽管明白结局只是灰烬
但仍然义无反顾放任自己

2005 年 6 月

转　变

可以微笑着回忆
可以坦然看别人眼睛
可以轻装上阵
看尽沿途风景

可以不再慌张
可以落泪不代表伤感
可以成为向日葵
自己寻找阳光

2005 年 10 月

美丽的成长

这是一个美丽的成长
看一颗偏执的心如何柔软
将一颗沙粒磨砾成珍珠

经历的风景
行走的痕迹
如同惊险的过山车
高高低低
不由自己

外表冰冷内心炽热的女子
找不到可以倾诉的对象
于是
隐秘茂盛的心事
总是习惯性开放在诗里

那个像猫一样习惯昼伏夜出的女孩
有一天突然离开
那段如同贝壳般自我封闭的岁月
已经渐渐不再

朝九晚六的生活
忙忙碌碌的工作

没有根的灵魂
想像不着边际
入了世的俗人
已经遗失天真

到哪里重寻那份闲情
将一首诗如同珍珠一样
慢慢磨砾

2005年10月

独角戏

我爱你
已经是我私人的事情
与你
再无任何关系

——题记

漆黑的夜里
想你
以及那段在水上抒写
破碎的爱情

孤单的夜里
想你
怎么努力地想
想不起你确切的模样

循着似曾相识的感觉
追寻似是而非的足迹
不再执迷结果
我知道长路尽头空无一人
除了自己

不再伤感

不再彷徨

逝去终已逝去

该来终究会来

一切随缘

对不起

没关系

亲爱的

不能拥有你

至少

还可以将你忘记

2005 年 10 月

小王子与小狐狸

——有关驯养的故事

没有驯养之前
他们彼此之间毫无意义
驯养之后
他们成为彼此的惟一

——题记

一个小王子邂逅了一只小狐狸
那时的小王子离开了他心爱的玫瑰
伤心而又迷惘
那时的小狐狸没有其他朋友
孤独而又伤感

小狐狸对小王子请求
请你将我驯养

小狐狸生性多疑
驯养的过程总是痛苦而又漫长
每天约定下午四点半
小王子总是准时到达
极具耐心陪伴

距离一天一天变短
信任一点一点加强

不知不觉
小狐狸每天从下午四点开始
忐忑不安
心里盛满了甜蜜与期待
终于有一天
小狐狸卸下了内心所有的戒备与防范
它已对小王子深深依赖
虽然它知道
小王子需要对他的玫瑰负责
终有一天会离开

离开吧离开
即使离开那一天到来
此生再难相遇
我也不会后悔与哭泣
你有你应该负责的玫瑰
我有我回忆风吹麦田的声音

2005年10月

猫的眼光

流浪的野猫
藏在城市的角落
这种阴郁而敏感的动物
平时会远离人群
冰凉的眼神
冷冷地观望

夜归的男子
走在街头
孤独而又疲惫
影子被路灯拖得老长

有很多这样的猫
也有很多这样的男子

擦身而过
各不相干

有的猫
会突然尾随一个男子
一直跟他回家
等着被他幸福地收养

托付一生

没有原因

仅凭直觉

猫的眼光

一直

比人的眼光更准

2006年4月

踏风而行

清风中徜徉
油画中行走

看遍沿途的风景
慢慢
漫漫
没有行李
没有尽头

所有的快乐
隐秘而浓烈
所有的感触
缓慢而深刻

2006 年 4 月

空城

2006年4月

从哪里来
往哪里去

一直在路上
推开生命中
一扇又一扇美好的窗

抛至半空
徜徉于清风白云
跌至谷底
抬头看月亮星星

动荡的世界
飘荡的人生
宁静的心情

春暖花开
面朝大海
冬日暖阳
风轻云淡

对于心无所系的过客
熙熙攘攘的尘世
也只不过
是座巨大的空城

别有洞天

山重水复疑无路

……

心疼自己曾经艰难的历程
欣喜自己现在从容的转变
远离暗自嗟伤的年少岁月
一步一步走向明媚的阳光

……

柳暗花明又一村

2006 年 4 月

午夜梦回

突然从梦境醒来
无关睡意深浅
窗外清冷的月光默然倾洒
一如一场疏离模糊的爱恋
没有起点　没有终点
无从开始　无处告别

2006 年 4 月

线性感情

深深地爱过一次再别离
如两条相交的直线
遥遥而至　　遇见
如影随行　　缠绵
背向而驰　　走远
有生之年　　怀念

玫瑰花蕾被掐断的感情
如两条平行的直线
镜花水月　　恍惚
雾里看花　　糊涂
寒潭鹤影　　清冷
隔江观火　　疏忽

2006 年 4 月

砂粒 & 钻石

在忽视你的人眼里
你是毫不起眼的砂粒

在珍视你的人眼里
你是光彩夺目的钻石

那只是别人眼中的自己
无法控制　无法抉择
当然也没有什么关系

只要能善待、充实和喜欢自己
你就是最最棒的个体
独一无二　无与伦比

2006 年 4 月

春　逝

台上悲喜
戏里春秋
红衣翠袖
欲语还休

点墨成歌
酿字为酒
且听风吟
绿肥红瘦

2006 年 5 月

乌鸦

2006年5月

没有语言　空空如洗
朝哪里看　看不见你
于是错过　盛世电影
无法凝视　身边风景

没有想法　一片狼藉
晃得刺眼　茫茫沙地
那只乌鸦　喝到水么
如此辛苦　火烤心急

你累不累　为一口水
渴得要命　没有心情
还怎么哭　还怎么笑
还怎么相信天荒地老

真的好累　为一口水
翻山越岭　精疲力尽
什么意境　什么风景
什么天长地久的事情

隔着江　把火观
什么时候与我无关
什么时候开始不去想
……

FREE SPRIT

遮风的墙

思念的
忘记了

在意的
疏离了

身边的
远方了

靠近的
消失了

……

找不到一面遮风的墙
于是对自己加倍的好

2006 年 5 月

黑　虎

昨晚　突然想起以前的狗狗
它的名字叫黑虎

“你看爸爸给你什么？”
少年的我好奇地探头
看到座位前排的黑色小狗狗
也好奇地探头看我

大眼瞪小眼
我们都从中找到了惊喜

我叫它黑虎
每天很好地照顾它
和它玩耍

黑虎长得很快很胖又很调皮
跑起来屁股一扭一扭
我宠得它对世界没有了戒心
什么地方都要去看看
成天在外面疯跑

有次它跑到屠宰场　差点没命
拖着半截血淋淋的尾巴跑回家

家人又生气又心疼
它呜呜呜无辜地看着我
乖了好长一段时间

后来黑虎伤好了
只有半条尾巴的胖狗狗又一如以前地调皮
成天闹着要和我去上学
我骑着自行车在前面
它死皮赖脸地要跟在后面

我特别生气
训斥它　驱赶它
它却依旧不屈不挠跟着
每次我到半路都得调头把它送回家
关起来再走

有一次我快要迟到了
小狗狗却死活要跟着
我气极　踢了它两脚
它呜呜呜地像个小孩一样哭着跑开了

黑虎失踪了两天
那两天我空落落的
一直想念它

再后来一天我上早自习时
骑车经过街角时看到一群野狗
瘦了的黑虎就在其中
我大声地叫它
它屁股一扭一扭向我狂奔过来
整个身子直立起来拥抱我
同伴以为我被野狗袭击
惊恐地大声求救
而我开心得一塌涂地
宁愿迟到也要把黑虎送回家

再后来后来一天
黑虎依旧要跟着我上学
有次我的耐心用完
狠狠地骂它　它不听
狠狠地踢了它两脚
它忧伤地看了我两眼
扭头决绝地跑开

黑虎那次跑开之后
就再也没回来

我失落了很长一段时间
后来也慢慢淡忘

昨晚
突然想起
陪我少年时的这只狗狗
跑起来屁股一扭一扭的黑虎

难过得一塌糊涂

后来再没养过宠物

2006 年 6 月

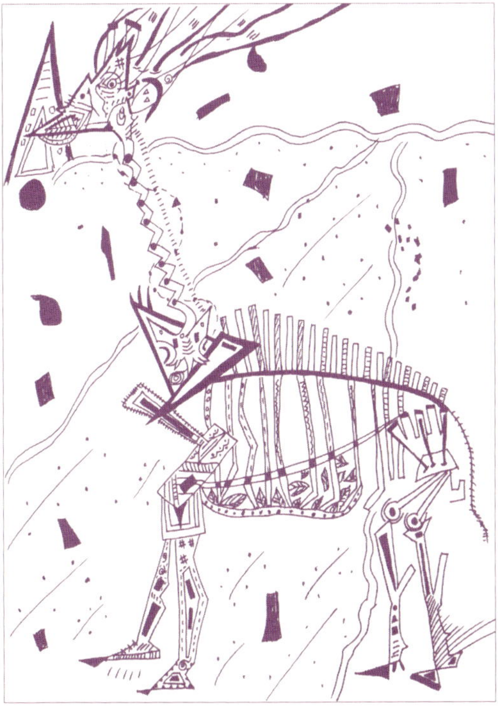

冰　凉

深深的夜里
清晰地看到
心底
那一块冰凉的地方

始终没有人
可以温暖

始终
冰凉

2006 年 6 月

死　睡

沉沉地入睡
死死地睡着

听不见电话
听不着短信

不知
闹钟何时响起

沉沉地入睡
死死地睡着

与梦中的情节纠缠
却离现实一再遥远

2006 年 6 月

问　题

你总是在问我这个问题
“人为什么要活着？”
我无法回答你
只能反问：“你为什么不去死呢？”

生活是那么美好
不要总受制于这些想法
结局不是成为哲学家
就是沦为疯子

2006 年 6 月

拍　照

无法回转
消逝的流年

只能沉沦
泛黄的相片

一刹那
已成为纪念

微笑深深
泪眼涟涟

2006 年 7 月

阴柔

2006年7月

病了的时候
渴望关怀
却
不肯联系　他人

倦了的时候
希冀肩膀
却
不愿展示　脆弱

失意的时候
寻找港湾
却
始终独立　姿态

寂寥的时候
渴望倾诉
却
宁愿沉默　发霉

希望越大
失望也越大
舍不得让自己失望
所以
从来不轻易获取希望

眼　瞎

近视是个好东西
眼镜是个好东西

选择看与不看的权力

想看时
看得仔细
不想看时
眼瞎

2006 年 8 月

针　眼

针轻轻滑入血管
血微微反抗回击
无奈接受
葡萄糖与盐水的入侵

输液
一滴两滴三四滴……
没有感觉中
还我一个健康的身体

针眼
一个两个三四个……
没有痛楚中
慢慢愈合在时间里

那些小小的伤口
仿佛从未存在过

彼此忘记
如此安心

2006年8月

风　花

在结了冰的江面滑行
怎样的速度不由我决定
哪里有暗流
哪里有陷阱
我无从辨清

在这急剧滑行中
把你邂逅
夹杂呼啸的风声
将我包融

我是一片盘旋的雪花
认准地面就是方向
可是这一阵风太过迅猛
于是不知何去何从

我因为你
忘了自己
忘了路上风景
也忘了我的姓名
不顾后果地飞行

把手放在你的手心
也不称称自己有几斤

我已忘了自己
忘了黑色幽默的命运
而变得肆意得无所顾忌
只希望一下子
为你把自己燃烧干净与彻底
才能把内心的焦灼都平息

一厢情愿
以为风会停
一意孤行
那么偏激与任性

风过无痕
才发现不可思议的事情

2006 年 9 月

无　人

2006年9月

想起从前
受了委屈的小女孩
独自跑到无人的地方
偷偷地大哭一场
淋漓尽致

想起现在
难过的时候
会突然黯然神伤
默默地掉几滴眼泪
悄无声息

从昨天到今天
从今天到明天

盛大的孤独
纤细的哀伤
始终相伴
无处可藏

无人能享
无可分担

噪　音

“哗啦啦”尖锐的噪音
凌晨持续响起
硬生生地被它从熟睡中惊醒

郁闷
无以发泄
惟有数星星
可是今天晚上没有星星

2006 年 9 月

深　海

已经没有资格要求你什么
只能对自己狠心
做一尾一天到晚游泳的鱼
深深深深海底行

2006 年 10 月

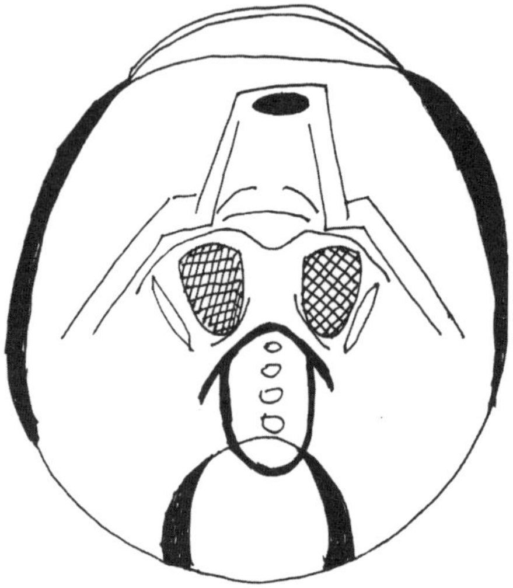

安　慰

我是一个胆小鬼
怕黑怕夜怕打雷
可是每天晚上我都要去 WC
从温暖的被窝到寒意袭人的室外
从二楼的宿舍跑到一楼洗手间
每次无论多强的睡意也会消失殆尽
下楼、穿越长长暗暗的走廊、阴暗潮湿的洗手间、
再次回穿走廊、上楼……
短短几分钟的路程对于我来说极其漫长
路过的黑暗无人的小房间
我都会胡思乱想，提心吊胆
可是没有办法
情况就是这样，我没有任何其他选择
每天晚上都很郁闷
后来控制从中午起就不再喝水也没有用
再后来每天晚上还是得起床
实在没办法，我开始安慰自己
我这样可爱、善良、正直、聪明的好孩子
即使无人的地方有异物存在
也不会是恶魔向我狞笑
而是天使在对我微笑

2006 年 12 月

青　蛙

感觉到疼痛、耻辱、威胁是件好事
至少可以在困境中思奋进崛起

最怕成为温水中的青蛙
日复一日碌碌无为中
不知不觉将斗志消磨殆尽

2007 年 1 月

出　卖

额头上长出三颗小痘痘
玩游戏屡战屡败
拼命投篮可命中率极低
睡眠浅且多梦
努力朝别人微笑却表情僵硬
做事开始丢三拉四
……
倔强的孩子
从不愿主动承认自己有错
可是一连串失常的小细节
却无情地出卖了我

2007年3月

路　痴

我会坚持到底
我将义无反顾

只是
偶尔糊涂
继续的方向

偶尔忘记
来时的路

2007 年 5 月

解　码

写简单而又抽象的诗歌
总是习惯将自己最真实的情感
深埋了再深埋
隐藏了又隐藏

也许只是为了等多年以后
看自己走过的痕迹
循着只言片语
解码当初微笑或哭泣

2007 年 5 月

歹　运

跌至谷底
也没什么糟糕

沉默
忍耐
看时间轻柔地覆盖

蓄积
恢复
待阳光温暖地过来

一切都会过去
歹运仅此而已

2007 年 8 月

暖　香

太关心你的表情?
还是太在意自己的心情?

任由这惰性蔓延?
还是曲意逢迎?

没有解决不了的问题?
只是不要逃避?

找不到一面遮风的墙
宁愿牵绊

感情
是这冰天雪地里
一枚暖香

2007 年 8 月

云　烟

风轻轻地吹了
心也瑟瑟地动了

过眼如云烟
袅袅地
都消散了
……

2007 年 8 月

重　要

当别人都说你“重要”时
千万别冲昏了头脑
不可一世

当别人都认为你“不重要”时
一定别因此丧失信心
看轻自己

2008 年 1 月

标　　签

细心
逻辑
品位
踏实
开拓
……

粗旷
混乱
肤浅
散漫
保守
……

职业习惯多么凶险
一不留神间
就给你粘贴上
轻易撕不下的 502 强力标签

2008 年 1 月

反　复

卑微
耻辱
难过
觉悟
激情
行动
奋斗
持续
惰性
平淡
无为
难过
耻辱
卑微
……

朝朝暮暮
如此反复
流年飞驰
光阴乍逝

2008 年 1 月

变　脸

喜笑颜开
怒发冲冠
哀声叹气
乐不可支
……

不同的场合
不同的嘴脸

表情只是道具

入戏的傻子
演戏的骗子

2008 年 1 月

较　劲

很多时候
生活并不如我们想像中
那么不堪
只是
我们习惯了与自己较劲

2008 年 3 月

班　车

固定的站台
例行的路线
既知的终点

日复一日
年复一年

可能会缺乏激情
却也是平常生活的踏实真切与温暖

2008 年 7 月

纠　结

多少宣称息演的艺人
又重新回来
多少扬言封笔的作家
又重新执笔
多少决定隐退的 BOSS
又重出江湖
多少发誓决绝的恋人
又重归于好

骨子里都是寂寞却不甘寂寞
纠结于出世与入世的矛盾生活

2008 年 7 月

片断

一

以前的分离
她就会绝决地断了　一切联系
这不代表不再想念
秘诀仅是号码已删

现在手机里有着所有的号码
但是她却再没有冲动去触碰

二

兜兜圈圈
柳暗花明
荡气回肠
跌宕起伏

似乎他们无论如何都要在一起
不能在一起
就天翻地覆
天理不容

可是最后他们还是没有在一起
彼此生活依旧是
波澜不惊从容不迫地继续

2008 年 7 月

对　比

和好的比
永无止境

和差的比
没有志气

我只和自己比

只要
今天的我比昨天的我
更好

足矣

2008 年 10 月

顾此失彼

现实的拥挤
空间的空白
生活的丰盛
笔尖的枯萎

宁愿这般俗世无奇的小幸福
也不要纠结无休的作茧自缚

2009 年 8 月

独自感性

写信……

青葱岁月

已到而立之年

怀念

我们曾阳光晃眼的青春

无人回应

无处呻吟

独留我一人

独自在这里

黯然感性

2010 年 6 月

太阳 & 月亮

要做太阳
自己就能发光发热
拥有力量的源泉

不做月亮
只能依赖别人
反射一点凉薄的光

2010 年 8 月

橡皮人

远离了童年无忧无虑肆无忌惮的嘻闹
也远离了少年多愁善感百转千回的烦恼

没有撕心裂肺的痛哭
也没有没心没肺的欢笑

失去强烈的表情
也失去尖锐的棱角

不再敏感
也不再激情

无悲
也无喜

沦
为橡

皮

2010 年 11 月

自　恋

亚当爱上了夏娃
爱上了自己身上的一根肋骨
离开了伊甸园
创造了人类

导致的直接结果是：
无论谁爱上了谁
其实都只是一种自恋

2010 年 11 月

人在旅途

抛却无法成章的诗篇
忘却桎梏灵魂的界线
弥漫浓雾的林间
没有人同行
即使心中充满疑惑恐惧
也会坚持着永往直前

拒绝糖衣炮弹的诺言
舍弃模棱两可的爱恋
这个空荡的世间
风往哪里吹
只有听到自己的脚步声
旅途中才会感觉安全

2012 年 5 月

偶　尔

没有你
没有诗
没有什么大不了
日子依旧继续
地球依旧旋转
我依旧生活
简单、快乐、幸福、规律
只是
偶尔
怅然若失
偶尔
恍若隔世

2012 年 6 月

失　神

爱过的
被爱的
错过的
得不到的
已失去的
多情的人
动过的情
必留痕迹

某段时光
某个时刻
偶尔
不小心
发个呆
失个神

2012 年 6 月

两点一线的风景

天空由灰变蓝
稻谷由绿变黄
多情的藤蔓
慢慢爬满护栏
芦苇节节提高
河里鸭子嬉戏
不知哪一天又全消失了
白云展现不同形态
树木似乎永恒不变
……
两点一线的生活
年复一年
只想问：
我曾汩汩的诗情呢？
哪去了？

2012 年 11 月

与自然同行

沿着郊区的小路缓缓前行
不要辜负人间三四月天南方的美景
姹紫嫣红　绿意盈盈
定格每朵花儿最芬芳的时刻
照顾每棵草儿最细腻的心情
空气中弥漫着香气和静谧
蓝天下飘浮着白云和欢喜
沿着和自然无限接触的小路慢慢前行
不要辜负你生命中的每一段好光景

2013 年 4 月

夜　行

空气有时稀薄
海草摇曳多姿
巨大的阴影突然笼罩
那是庞大的鲸鱼来袭
凶猛的鲨鱼掠过
轻轻屏住呼吸
小心翼翼避让
螃蟹在横行
海蛇跐溜跐溜滑过
海龟悠哉悠哉快活
乌贼喷了一团黑黑的墨
心事偶尔如同珊瑚美丽
水母随机闪烁
点亮沿途的风景

独自在暗夜默默骑行
犹如鱼儿游弋在深海里
时而灵巧时而停滞
时而静谧时而欢喜

2014 年 2 月

站在窗边看风景

高铁徐徐启动
再迅猛加速
飞驰而退的景象

灰白的天空
驿动的人群
村庄或城市
山丘或河流

站在窗边看风景
风景如时间
不知去哪了
速度太快的时代
挥之不去的雾霾

站在窗边看风景
风景难以辨
犹如立潮前
不知如何安置
这颗文艺的心

2014 年 3 月
于沪京高铁上有感，匆匆而作

地下铁

如蚁穴般复杂线路
如蚁族般匆忙人群
上班下班
进站出站

如豹子般身手矫健
如潮水般极速蔓延
上楼下楼
开门闭门

不想做沉沦的沙砾
就得时刻加快脚步

2014 年 3 月
从北京出差回来，正好赶上地铁早高峰有感

视　野

视野有时很大
看这个城市的轮廓
像海市蜃楼
在春天的雨雾中
时而浮现时而隐没

视野有时微小
内心如一座静默孤岛
在濛濛细雨中飘泊
抽芽的枝条
湿漉的花朵

视野更多时候是不大不小
无法大到宏观的豁然
无法小到微观的美好
无法忽视
时远时近的景象
被一条一条电线所干扰

2014 年 3 月

格子间绿植

绿萝
虎纹兰
豆瓣绿
仙人掌
……

没有阳光
没有新鲜空气
也没有自然的风

有日光灯
有空调与水
有键盘噼啪作响

格子间绿植
陪着上班与加班
给很少关心
仍在努力活着
与生长

2014 年 7 月

木心

2014年5月
有幸参与乌镇木心纪念馆揭幕仪式

细细咀嚼
每一颗入口的米饭
从秧苗到收割
稻田由绿变黄
农夫的汗滴在土里
米粒碾出从谷壳里

细细品尝
每一块入口的豆腐
从种子到豆子
豆子磨成浆
浆点上卤
凝结成豆腐

细细观看
这小而精致的纪念馆
从幼齿到暮年
墙上错落的文字与画面
纷纷扬扬的才华
传奇跌宕的一生

我们依然是紧紧攥紧的拳头
您已是安静摊开的掌心

慢慢生活

在雨水滴答中抵达
在群山环抱中入睡
在叽喳鸟鸣中醒来
在满目青翠中沉醉

穿过几十棵低矮杨梅树
以及一片茂密竹林
映入眼前是宽广的青青草坪
几只羊驼在悠闲地散步

早餐之后来一杯咖啡
拾着石阶缓缓而下
我们去寻找鱼和睡莲
小路两旁山羊白鹅擦身而过

在阳光温柔倾洒的桌边
慢慢慢慢吃着午餐
一点一点放空自己
反正我们也不用赶时间

午后去薰衣草的小店流连
去长满芦苇的碧绿湖边

可以随性地沿着枕木到处逛逛
也可以参观湖畔的美术馆

晚上想热闹的BBQ
或者只是烤土豆
半山阳台吹吹风
或者只是安静地品杯红酒

从山上往下俯瞰
你是这片山庄最大的王
看远处的天灯依次点亮
冉冉上升的希望

在秋日暖阳中准备离开
和连绵青山俯首告别
在这里意外停滞了一段时光
生命却因此充盈而饱满

2014年10月
写于杭州桐庐巴比松米勒庄园

平凡人

就是一个普普通通的平凡人
生来平凡　长相平凡　经历平凡　事事平凡
大海里的一滴水
沙漠里的一粒沙

身体是平凡的健全
思绪是平凡的起伏
生活是平凡的继续
偶尔不平凡就是偶尔写写平凡的短句子

曾经以为平凡是件衣
努力一下就可以脱下来
慢慢发现平凡是肌肤
粘在身上长在肉里

平凡就平凡吧
也要认真努力真诚地汲取平凡中的营养
体会作为平凡人的确切幸福
追逐一些真善美的小小梦想

就是一个普普通通的平凡人
承认平凡　接受平凡　品味平凡　感恩平凡
不吵不闹的生活
不慌不忙的坚强

2015年2月3日

静　默

想写些什么
但又不知写什么
笔悬在半空
半天没着落

想说些什么
也不知该说什么
用词反复斟酌
最终还是静默

2014 年 11 月 12 日

如果还有野心

我关注你很久
想和你交朋友
连你叫什么都不知道
没有诚意也没礼貌

如果还有野心
就是希望弄清
路上遇见的每一朵花
她的名字和秉性

2015年5月25日

当　下

听时钟滴答
看情绪变化
一颗心无故腾起
然后缓缓落下

沏一杯茶
观一朵花
世事变迁无常
就活好当下

2015 年 8 月 2 日

如 果 没 有 baby

那 么 最 寂 寞 的 　 不 过 卵 子

如 果 没 有 baby

那 么 最 悲 壮 的 　 不 过 精 子

第四章

卵：生命的传承

遇　见

茫茫人世间穿行
遇见一个胖胖的你
那时还是一只销售菜鸟的你
舍弃家乡悠闲安逸的生活
几乎一无所有
拼博在水泥森林里
有一天在十字路口
胖胖的你意外撞上我的枪口
我也一无所有
还是个技法不熟练的坏猎手

茫茫人世间穿行
遇见一个憨憨的你
圆圆的大脸脸圆圆的身体
圆圆的小眼睛透着无尽笑意
你喜欢宅不喜欢应酬
你喜欢研究厨艺
你工作起来很拼命
对待朋友很热心

你爱护环境也爱护小动物
嘴上虽说不出动人的句子
我却知道你有颗肉肉的心

茫茫人世间穿行
好幸运遇见这样一个你
我们的生活平淡而踏实
未来日子继续携手前行

2014 年 2 月 15 日

我能想到最浪漫的事

我能想到最浪漫的事，就是
给朝夕相处的你，取上
365 个不同的昵称或名字
这样，每天都有一个新鲜的你
与众不同的你，当我们
年老时，走不去天涯海角
那就，在摇椅上慢慢挑
最具人气奖
最佳创意奖
最朗朗上口奖
最意义深刻奖
我最喜欢的名字奖
……
嘻嘻，想想就觉得很开心

2014 年 2 月

如果没有 Baby

如果没有 baby
那么最寂寞的 不过卵子
月复一月
悄无声息地盛极
然后再悄无声息地凋谢

如果没有 baby
那么最悲壮的 不过精子
数以亿计
轰轰烈烈地出发
然后却前赴后继地死去

2011 年 11 月

等待被挑的妈妈

你是天上的小星星
你是自由的小天使
从天上到凡间
注定是一段冒险的旅程
所以妈妈理解你的谨慎
所以妈妈要为你变得更好
有个好身体
有个好脾气
而且有温和安静的耐心
等待那份被你挑中的运气

2012年11月

待孕心情

喜酸
厌荤
嗜睡
体乏
腹部时时抽紧
进餐微微恶心
……
你暗示得那么明显
我误以为真
心花怒放
忐忑不安
结果最终还是
表
错
情

2013 年 1 月

柔　软

不管世事怎么变迁
不管沧海怎么桑田
不管最终来或不来
你
永远是我心底
最柔软的地方

2010 年 12 月

梦

做了一个梦
梦见我有一个可爱的婴儿
小小的　软软的
明媚如春天
怀抱紧紧的
舍不得放下

做了一个梦
梦里那么美
梦里已知那是梦
久久不愿醒

2014 年 9 月

我把你丢进春天

我把你丢进春天
再塞进夏天
我把你抛进秋天
也滚进冬天

窗外的颜色不停在变幻
时而鹅黄时而粉红
时而深深浅浅的绿
时而金黄与酒浓
时而只有白茫茫的一片

这趟旅途只有我俩
默默看窗外风景
也偶尔窃窃交谈
你觉得
花开了很美，花谢了也很美
我觉得
你笑时很美，你不笑也很美

2015 年 4 月

死　亡

我知道，有一天一定会与你见面
这是每个人宿命的安排
但我不知道是什么时候与你相见
也不知道什么地点，以何种方式

我知道，有一天以为牢固的现实
都将如梦境般轰然崩塌
有一天所依赖的肉体会变成灰烬
想牢牢抓住的，终将如流水逝去
曾经拥有的，也将如野风般远离

我们是这人世间匆匆的过客
也是片刻不停奔向你的归人

2014 年 9 月

附 邱爸爸的一首诗

雨中登杨岐山

千古奇山少人迹
燕子归南绕道飞
今朝一代显奇志
举旗高歌登杨岐
狂风吹得黄沙舞
大雨淋湿登山衣
天不作美心灵美
人不低头天自低

1984 年
原作刊于《萍矿工人报》

※

杨岐山位于我的家乡——江西省萍乡市上栗县，是一个以优美的自然景观为外延，以丰厚的人文景观为内涵，构成融自然风光和宗教文化为一体的旅游胜地。

邱爸爸是名普通的司机，但多年前，他也喜欢文艺和写诗哦，可惜留存的只有这么一首。这首诗歌有着浓浓的时代特征，虽然现在看来有点夸张，但爸爸字里行间对生活的乐观和热情，还是深深打动了我。希望我的家人们能健康平安开心。

（代后记） 想说的话

没有耐心
没有毅力
唯二的坚持
活着
写诗

——《唯二》

不知道从什么时候开始，我就喜欢写这些简洁句子，内心的茂盛，似乎只能通过这样的途径，才得以释放。曾经被高考压得喘不过气来，那个学习成绩不好的小镇姑娘，她把诗歌当作救命的稻草，在这些抽象的文字里，心才能缓缓落地。如今，我把诗歌当作生命的一种自然表达和生活的一种诗意方式，想写时就写，不想写时绝对不会勉强，诗歌带给我感性柔软。从已存最早的歪诗是1996年所写，到如今2015年过半了，屈指一算，已是将近二十年的时光，有时一天可以写几首，有时一年也写不了几首。我的小歪诗，可能谈不上上乘，但绝对真诚，从跌跌撞撞到微笑前行的成长过程。

为什么写诗？

笨呗

写不出太多文字

于是寥寥数语

为什么写诗？

懒呗

不愿写太多文字

于是惜墨如金

——《雨天不撑伞》

在雨天不撑伞有两类人，一类是有伞不撑，另一类是无伞可撑，前者是意境，后者属无奈，我其实就是典型的后者了，实在是又笨又懒，写不了长篇大论，只能坚持写点小歪诗。这么多年，我一直是默默的写着藏着掖着私享着，甚至连身边很多朋友都不知我还有这爱好，梦想好像暗夜中的种子默默生长，直到遇到一些鼓励我支持我的朋友，给我动力，助我前进，我的小诗集才破土而出。感谢永和文化林炳生董事长，感谢尊敬的艺术家前辈魏景山老师，感谢随风而行的周青丰老师，感谢好友三联书店的朱静蔚姑娘，感谢好友青年艺术家康素姑娘……感谢我的家人，感谢我的朋友，感谢生命中遇见的每一个人，感谢此刻正在翻看诗集的你，希望在诗情画意中，我们都能遇见生命最初的美好。

我在寻觅灵感
相信灵感也在寻觅我
相互遇上了
诗歌就出来了

我的诗歌在寻觅读者
相信也有读者在寻觅这样的诗歌
相互遇上了
就互相慰藉了

——《寻觅》

邱礼萍
2015年6月23日

图书在版编目（CIP）数据

眼睫上的蝴蝶 / 邱礼萍著. —上海：上海三联书店，2015.9

ISBN 978-7-5426-5262-1

Ⅰ.①眼… Ⅱ.①邱… Ⅲ.①诗集－中国－当代 Ⅳ.①I227

中国版本图书馆CIP数据核字（2015）第176387号

眼睫上的蝴蝶

著　　者 / 邱礼萍
责任编辑 / 陈启甸　朱静蔚
特约编辑 / 周青丰
装帧设计 / 朱静蔚　乔　东
封面插画 / 魏景山　康　素
内文插画 / 康　素
监　　制 / 李　敏
责任校对 / 张思珍
出版发行 / 上海三联书店
（201199）中国上海市闵行区都市路4855号2座10楼
网　　址 / www.sjpc1932.com
邮购电话 / 021-24175971
印　　刷 / 山东临沂新华印刷物流集团有限责任公司

版　　次 / 2015年9月第1版
印　　次 / 2015年9月第1次印刷
开　　本 / 890×1240　1/32
字　　数 / 100 千字
印　　张 / 7.25
书　　号 / ISBN 978-7-5426-5262-1 / I・1049
定　　价 / 48.00元